Същности на Мъдростта

Същности на Мъдростта

Aldivan Torres

aldivan teixeira torres

CONTENTS

1 | Същности на Мъдростта   1

1

Същности на Мъдростта

Aldivan Torres
Същности на Мъдростта

Автор: Aldivan Torres
©2017-Aldivan Torres
Редакция: Алдиван Торес
Всички права запазени

Тази книга, включително всички нейни части, е защитена с авторски права и не може да бъде възпроизвеждана без разрешение на автора, препродавана или прехвърляна.

Кратка биография: Алдиван Торес, роден в Бразилия, е консолидиран писател в различни жанрове. Досега има заглавия, публикувани на десетки езици. От ранна възраст той винаги е бил любител на изкуството на писането, като от втората половина на 2013 г. консолидира професионална кариера. Надява се с писанията си да допринесе за международната култура, събуждайки удоволствието от четенето у тези, които нямат навика. Вашата мисия е да завладее сърцето на всеки един от вашите читатели. В допълнение към литературата, основните му развлечения са музиката, пътуванията, приятелите, семейството и удоволствието от самия живот. "За литературата, равенството, братството, справедливостта, достойнството и честта на човешкото същество винаги" е неговото мото.

Всеотдайност и благодарност

Посвещавам тази малка книжка на всички души, жадни за знание и мъдрост. Нека се заемем с подходящия момент, търсейки да научим от създателя тези малки уроци, защото всичко идва от него.

Благодаря първо на господаря на живота си, на семейството си, на приятелите си и на почитателите на работата си като писател. Радвам се за този нов проект.

Въвеждането

Същностите на мъдростта носят в себе си покана, така че да се задълбочите в знанията на вашия духовен отец. Чрез вашите наблюдения и директни съвети, целта е да трансформирате реалността си и да я тласнете към добро. Приятно четене!

Същности на Мъдростта

Всеотдайност и благодарност

Въвеждането

Покана за мъдрост

Пътят

Словото

Решение

Разработване

Жертвоприношението

Богатство и бедност

Печалба

Самота

Красота

Качество

СЪЩНОСТИ НА МЪДРОСТТА

Доброта
Щедрост
Мечтата
Целостта
Мъдрост
Отражението
Справедливост
Дискретност
Памет
Съвет
Дисциплина
Лидерство
Наивност
Работя
Търпение
Доверие
Страх
Мъдрост
Корекция
Чистота
Арогантност
Проницателност
Лъжа
Лъжа
Мързел
Горчивина
Гняв
Незнание
Алчност
Завист
Подкупване
Клевета
Провал

Болест
Гнет
Грях
Презрение
Корупция
Измяна
Текстове
Част II
Смисълът на живота
Настоящата ситуация
Познай себе си, малки човече
Неразумният
Съдбата
Компанията на ангелите

Покана за мъдрост

Пътят

1. По-краткият път не е този, който е по-лесен, а този, който причинява жертви и оставки от вас, изграждайки печеливша и войнствена личност.
2. Другите не могат да ви покажат пътя, независимо дали е правилен или грешен. Трябва да го откриете за себе си.
3. Пътят става ясен и разбираем, след като решите да изградите живот, посветен на вашите цели.
4. Следвайте сърцето и мечтите си, за да изградите приличен, чист и приятен за Божиите очи.

Пътят на тези, които желаят да бъдат победители, трябва да се основава на пригодност, чистота на целите и лоялност към следващите.

6 Не слушай дрънкането и лъжливите устни, защото те само искат да изкривят пътя ти

7) Пътят е синоним на изграждане на живот. Твоята с високо вдигната глава?

Словото

1. Това, което излиза от човека, е чисто откровение отвътре, затова трябва да се използва за добри неща и да е достойно за всяко човешко същество.
2. Словото надига, гради, въздига. Тя ни носи истинското разбиране на другите и техните стремежи.
3. Словото и действията са в основата на всяка работа.
4. Когато ви липсват подходящите думи за случая, импровизирайте с нещо, което оживява и укрепва другите.
5. Търсете думи в безкрайността на мъдростта, защото те имат силата да станат пътища и животи.
6. Организирайте думите си като тези, които организират дома си, за да съзерцават себе си.
7. Думата добре дадена е по-ценна от всичко друго, защото не трябва да търпите обиди или недоразумения един от друг.

Решение

1. Важно е да бъдете определени в най-благоприятните моменти от живота.
2. Винаги медитирайте и размишлявайте, преди да вземете каквото и да е решение, за да не съжалявате по-късно.
3. Всяко решение носи със себе си смисъла на избора, на който непрекъснато сме подчинени в този план.
4. Бъдете неограничени в избора и решенията си. Истинският път се постига само когато сме готови да поемаме рискове.
5. Не хвърляйте камъни върху репутацията на някой друг, защото всички сме подложени на грешки. Преосмисляте решението си.

6. Има определени решения, които трябва да се вземат заедно, защото те могат да заинтересуват цялата общност.
7. Напускането на дома не е лесно решение за никого. Говорете със семейството си преди всичко друго.
8. Децата трябва да бъдат свободни да изразяват мнението си, но не и да вземат важни решения.
9. Бракът е сериозно решение. Тя трябва да е резултат от добър живот и любов между двойката.

Разработване

1. Планирането е основният етап от работата. Именно по време на тази фаза ние си представяме мечтите си.
2. За да има голямо парти не са необходими много пари. На първо място, това изисква организация.
3. Книгата е колекция от мислите на човека. За да го напишете, всичко, което е необходимо, е планиране, разработване и вдъхновение.
4. Неразумните забравят да изяснят претенциите си. Това, което е угодно на Бога, се увенчава със слава за тяхното постижение.
1. За да преминете през лабиринт, не е необходимо ръководство, а добра посока, което означава добра разработка, за да стигнете до изхода.
2. Небесното царство е разработено за тези, които следват тесния път на мъдростта, честта и достойнството.
3. Животът в своята пълнота е дело на нашите дела.
4. Разработете обучението си, търсейки по-добро бъдеще за вас и следващото ви.

Жертвоприношението

1. Да жертваш себе си означава най-вече да дадеш светлата част на своето същество в полза на по-висша цел.

2. Жертвоприношението в някои религии представлява необходимото отношение за постигане на прошка.
3. Жертвата на Христос беше доказателство за любов. В кръста дойде изкуплението на човека.
4. Мъчениците се жертвали, защото смятали, че животът им не е по-важен от вярванията им.
5. Ако животът ви е пълен с жертви, имайте предвид следното: Христос пострада повече за това, че понесе всичките грехове на света.
6. Любовта и саможертвата се смесват, когато има истинска любов.
7. Малките жертви ни вземат, за да пречистим несъвършенствата си
8. Да изкупиш духа означава да пожертваш себе си.
9. Чрез жертвоприношения Бог спаси човечеството.
10. Не правете жертви, които нарушават целостта ви. Вместо това не забравяйте, че истинската стойност на жертвата е в рамките на нейното намерение.

Богатство и бедност

1. Богатството и властта не са в състояние да спасят човека, когато дойде часът на съда.
2. Изберете нетленното като работата, благотворителните дела и мъдростта над ефимерното като богатство.
3. Богатството е желано от мнозина, но стойността му намалява до този план.
4. Богатите са като много фалшиви приятели, които търсят само облаги.
5. Истинската бедност се състои в това да си лишен от качества и богат като пустинята.
6. Бедните и богатите не могат да бъдат заедно, защото първата завист е втората, а втората избягва първата.

7. Съдбата на човека е в неговата мъдрост, защото без нея нищо не се гради, нищо не напредва.
8. За да напредваме в живота, по всякакъв начин е от решаващо значение да имаме вяра и вяра в Бог.
9. Богатството и бедността са просто състояния на човека. Това, което наистина го квалифицира, е неговият характер, чест и достойнство.

Печалба

1. Търговецът не трябва да експлоатира клиентите си, защото лоялността е по-важна от печалбата.
2. Печалбата е осъдителна, когато пречи на бедните да имат хляб на трапезата си.
3. Не очаквайте винаги да печелите във всяка ситуация. Себеотдаването е важно в една връзка.
4. Не купувайте дрънкулки от търговски пътници, защото със сигурност печалбата им е изключително висока.
5. Не искайте банкови заеми, защото лихвата, която начисляват, ще направи невъзможно плащането ви.
6. Не се доверявайте на продавач, който ви предлага много предимства. Възможно е да бъдете измамени.
7. Спечелете мъдрост, съвети, сила, наука и достойнство. Развържи гордостта, леността, алчността, похотта и други злодеи.
8. Хазартът отвежда мнозина до фалит. Не залагайте. Подгответе печалбата си.
9. Добър потребител е този, който търси и проверява печалбата на продавачите. Той ще намери по-добрия избор за пазаруване.

Самота

1. Самотата е сцена, в която има само един актьор, който поставя самотно парче. Няма да има кой да го аплодира.
2. Самотата допринася за интроспективен характер и осъзнаване на това, което той е и може да направи.
3. Не култивирайте самотата твърде много, тъй като тя може да ви доведе до лудост.
4. Когато сме сами, ние сме в състояние да открием, че Вселената е безкрайна и че съществува същество, което ни обича и което е с нас постоянно.
5. Да си далеч от семейството означава да нямаш идентичност. Семейството е основата на всичко и е най-важното нещо за едно човешко същество.
6. За да се възстанови добър живот между двойка, понякога е необходимо малко разстояние и уединение.
7. Самотата предизвиква страх, а страхът ни показва какво трябва да подобрим и да напреднем.
8. Вместо уединение, изберете компанията на тези, които ви обичат, защото те винаги имат дума на утеха и обич.

Красота

1. Никога не правете комплименти за красота. Опознайте първо индивида, за да похвалите правилно неговите качества.
2. Това, което е красиво отвън, може да е гнило отвътре.
3. Красотата не трябва да се използва за недостойни цели.
4. Не трябва да използваме хирургията, за да променим това, което сме отвън. По-важното е да направим самоанализ и да променим сърцата си, които често са дребнави и егоистични.
5. Никой не трябва да се голота от суета или пари. Винаги помнете: външната красота изчезва. Бъдете забележителни с качествата и талантите си.

6. Съществото, което се чувства по-висше заради красотата си, е най-бедното създание.
7. Красотата събужда страстта, но истинската любов се изгражда ден след ден в добри и лоши моменти.

Качество

1. Това, което отличава човешкото същество, е неговият талант, доброта, мъдрост, чест и достойнство. Основни качества за тези, които искат да угодят на Бога.
2. Благородното и чисто сърце струва повече от парите или социалния статус.
3. Основните качества да бъдеш писател е да се отвориш за великото море на мъдростта на твореца и да бъдеш инструмент на неговата воля.
4. Опитайте се да поправите грешките си и да осветите качествата си преди всичко.
5. За да бъде квалифициран като приятел, човек трябва да покаже искрените си намерения на другия.
6. Божието царство е за тези, които имат необходимите качества да могат да разпознаят Божия син и да приличат на него по всякакъв начин.
7. Отец очаква от нас да се опитаме, най-малкото, за да бъдем достоен и честен човек, живеещ Евангелието качествено.
8. Най-великото качество на човешкото същество е да бъде достатъчно смирено, за да признае собствените си недостатъци.

Доброта

1. Добротата е решаващо качество за всяко човешко същество. Това е въпрос на природа.
2. Добрите и праведните ще владеят земята в един бъдещ свят.

3. Добротата не трябва да се бърка с глупост. Не позволявайте на другите да се възползват от добрата ви воля.
4. Продължавайте да вършите добри дела. В точния момент ще получите двойно за вашата доброта.
5. Бъдете добри към враговете си, защото така ви е създал Отец.
6. Този, който е добър, не е способен да таи злоба. Простете всички обиди, които сте получили. Винаги помнете: На този, който прощава, също му е простено.
7. Добротата без работа е като цвете без плод. За любимия съсед е от решаващо значение.
8. Доброто, както и недостатъците. Най-важното нещо, което трябва да направите, е да се опитате да ги поправите.
9. Пътят на добротата не винаги е лесен, защото живеем в свят, пълен с, лъжи и несъвършенства.
10. Само защото си добър, не си имунизиран срещу критика.

Щедрост

1. Да бъдем щедри означава да споделяме част от това, което трябва да разделим с тези, които имат нужда.
2. Щедростта е за еволюиралите духове, които са намерили начин да се доближат до Отца.
3. Работодател, трябва да бъдете щедри с персонала си. Слугите приписват щедростта с лоялност, бързина и вярност.
4. Храната е плод на щедростта на ръчния труд. В негово отсъствие нищо не се произвежда.
5. Участвайте в работата на общността, помагайки на другите. Ще се чувствате щастливи и възнаградени за работата си.
6. Родителите трябва да бъдат щедри с децата си, за да им дадат добър пример.
7. Щедростта е жизненоважна предпоставка по време на учебния процес.
8. Щедрите имат способността да разпознават хората в нужда.

9. Даването на милостиня е демонстрация на щедрост. Не давайте милостиня само за социален статус.
10. Бившите затворници зависят от щедростта на онези, които искрено вярват в тяхното обръщане и добри намерения.

Мечтата

1. Сънят превежда невидимите реалности, които населяват Вселената. Опитайте се да интерпретирате посланието.
2. Мечтите подхранват надеждата на човека. Никой не живее без мечта.
3. За да се сбъдне една мечта е необходимо желание, планиране и пари.
4. Невъзможните мечти стават възможни, когато искаме.
5. Сънищата, на които наистина трябва да се покланяме, са тези, които надхвърлят материалната гледна точка.
6. Превърнете мечтите си във вдъхновение за всеки момент от живота си.
7. Бедните мечтаят само с това да имат достатъчно, за да оцелеят. Другите мечти не са възможни.
8. Сънищата са отворен прозорец за общуване на боговете със смъртните.
9. Мечтайте, но дръжте краката си на земята.
10. Щастието да сбъднеш една мечта е наистина безценно.
11. Споделете мечтите си с този, на когото имате доверие. Той може да ви помогне да го изпълните.

Целостта

1. Почтеността е нещо рядко, което трябва да се цени.
2. Почтен човек е този, който действа според здрави и достойни предписания. Почтеният човек струва повече от златото.

3. Действията на човека разкриват дали той е принципен човек или не.
4. Интегритетът няма нищо общо със социалния статус. То идва от раждането.
5. Лидерът с почтеност осигурява доверие на всичките си действия.
6. Най-великият модел на почтеност бил Исус Христос, царят на царете. Никога не е правил грешка.
7. Почтеността на писателя е показана в посланията, които предава.
8. Професор с почтеност е този, който не е пред студентите си.
9. Семейството има жизненоважна роля във формирането на целостта на индивида.
10. Праведният отказва да лъже за това, че е облагодетелствал другите.

Мъдрост

1. Мъдрият човек се стреми да разбере вселената чрез мъдрост. Неразумният не познава мъдростта, защото не се интересува от нея.
2. Благоразумието на служителя се разкрива в поведението му: Съобразяване със задачите му, уважително и точно.
3. По-добре беден мъдър човек, отколкото неразумен богат човек.
4. Не се събирайте с неразумните, защото ще се разстроите.
5. Мъдрият има ясното впечатление къде се намира и къде иска да отиде.
6. Когато мъдрият говори предизвиква възхищение с ученията си. Неразумният не казва нищо друго освен глупави неща.
7. Мъдрото е дървото, което дава плодове, най-разнообразните и вкусни плодове, и притежава картата, за да се ръководи по пътя на живота.

8. Къде живее мъдрият? На места, където бурите и ветровете не са в състояние да го свалят.
9. Мъдрият фермер засажда и прибира реколтата в подходящото време, за да получи повече резултати.
10. Мъдрият винаги следва справедливостта в отношенията си с другите.

Отражението

1. Тези, които разсъждават, са в състояние да намерят изход за всичките си проблеми.
2. Размишлявайте върху нагласите си, за да откриете грешките си и да ги поправите.
3. Рефлексията е етап от планирането, който не трябва да се отхвърля.
4. Футболният треньор отразява търсенето на най-добрата стратегия за игра.
5. Бедните размишляват върху дълговете си. Богатите размишляват как да харчат парите си.
6. Пътят, който трябва да се следва, трябва да бъде обект на интензивен размисъл.
7. Отразявайте болката и страданието на Исус Христос. Това го радва.
8. Правилните решения са тези, при които има рефлектиране.
9. Вижте как делата на Господа са прекрасни. Той размишляваше много, преди да ги създаде
10. Огледалото отразява точно това, което сте. Наблюдавайте и оценявайте морала и самочувствието си.
11. Размишлявайте върху добродетелите си. Поправете недостатъците си.
12. Позволете на слънчевата светлина да отрази върху вас неговата сила и мощ. Ще се почувствате ободрени.

Справедливост

1. Двойният стандарт е нещо, което Бог не одобрява, защото всички са равни пред Него.
2. Търговец: използвайте справедливи баланси, за да можете да бъдете само за клиентите си.
3. Присъдата, постановена от съдията, трябва да е основателна и да се основава на доказателства.
4. Справедливостта не трябва да бъде извратена от икономическата сила на индивида.
5. Адвокати: Не защитавайте престъпник, нито главорез.
6. Социалната справедливост е възможна само с добри планове, които имат за цел да посрещнат населението с ниски доходи.
7. Нека справедливостта бъде вашият гребен, за да бъдете успешни в живота.
8. Този, който е несправедлив в тривиалните неща, е и в по-големите.
9. Бюрокрацията превръща правосъдието в предизвикателство в Бразилия. Тя трябва да бъде по-ефективна и по-бърза.
10. Правосъдието не достига до децата на улицата. Нито пък "синовете на вътрешността". Те живеят в нечовешки условия.
11. Минималната заплата в Бразилия е несправедлива, защото не задоволява основните нужди на семейството.

Дискретност

1. Дискретността е от решаващо значение в една връзка, защото в противен случай доверието в другия човек е разбито.
2. Дискретен приятел е трудно да се намери. Трябва да го цениш.
3. Дискретен е този, който знае какво може и какво е.
4. Бъдете дискретни, за да не разкривате плановете си на никого. Винаги имайте предвид: Завистта е най-лошата магия от всички.

5. Бъдете дискретни, когато сте в дома на някой друг. Не коментирайте с другите това, което сте видели там.
6. Недискретността в едно семейство причинява много болести. Това също е знак, че нещо не е наред.
7. Бащи, наставлявайте синовете си за разсъдливост. Това е урок, който ще вземат през целия си живот.
8. Не осъждайте другите за нагласи, които смятате за неморални. Ние не сме родени, за да съдим или да осъждаме. Бъдете дискретни.
9. Дискретният човек знае времето и мястото, където да говори.
10. Когато сте на парти, не се стремете да бъдете център на внимание. Практикувайте дискретност.

Памет

1. Паметта на човека трябва да бъде уважавана, за да почива в мир в гроба си.
2. Работата на човека представлява неговото наследство, е памет. След смъртта парите и социалният статус са безполезни.
3. Добре обучената памет е в състояние да запомни дълги текстове. Практикувайте много упражнения.
4. За да помогнете на спомените си, използвайте хартия, писалка, книги за срещи, телефон. Тези устройства помагат в трудни времена.
5. Ако спомените се провалят по време на тест, опитайте се да се съсредоточите. Не използвайте незаконни методи, за да извлечете полза за себе си.
6. Здравословното хранене е от жизненоважно значение, за да имате добра памет.
7. Лошите спомени трябва да бъдат забравени, за да не могат да навредят на моралното и духовно усъвършенстване на човешкото същество.

8. Хубавите спомени са част от личното ни богатство. Те допринасят за формирането на по- отразяващ и оптимистичен за бъдещото човешко същество.

Съвет

1. Съветът на мъдрия човек е източник на чиста и бистра вода, която утолява жаждата за знание, мъдрост и желание за откриване на космоса.
2. Не следвайте съветите на хора, които не познавате и не могат да ви навредят.
3. Напътствията на родителите трябва да бъдат следвани от младежите, защото те имат повече житейски опит.
4. Когато чувствате, че не сте в състояние да дадете подходящ съвет, мълчете и не се притеснявайте кой изпитва болка.
5. Слушайте съветите на приятеля си, защото той може да има различна визия за това как да се изправи пред проблема ви.
6. Всеки от нас има невидим съветник. Всичко, което трябва да направите, е да се откъснете от всичко и да слушате вътрешния глас.
7. Царят трябва да избира мъдро съветниците си, защото те са тези, към които ще се обърне в час на нужда.
8. Не получавайте парични съветници зависи от вас да управлявате парите си.
9. Получете съвет от майката земя, вятъра и морето. Научете от тях, че най-важното е да следвате цикъла на живота си, без да превишавате границите, създадени от вашия Създател.

Дисциплина

1. Строгостта в проучванията е от съществено значение за постигането на целите.

2. Дисциплинираните играчи са тези, които постигат най-доброто представяне в играта.
3. Ако не сте започнали обучението си за търг, не се отчайвайте. Започнете сега с дисциплината.
4. Дисциплинираните служители са тези, които изпълняват всички задължения.
5. Преди да се присъедините към армията, не забравяйте: работата е трудна и дисциплинирана.
6. Силата на волята е от решаващо значение, за да има дисциплина.
7. За да се поддържа успехът е необходима дисциплина.
8. Учете се с ръчния работник: Той става рано всеки ден, за да осигури целите си. Той е пример за дисциплина.
9. Има случаи, в които дисциплината става непоносима като спортисти, които тренират с часове.
10. Най-добрият зидар се разкрива в своята равномерност. Още един пример за дисциплина.

Лидерство

1. Лидерът е този, който води всички към прогрес и към бъдеще, изпълнено с постижения.
2. Политикът, който се държи като лидер, трябва да демонстрира авторитет и напълно да осъзнава ролята си на държавен служител, т.е. да търси най-доброто за своята държава, община или страна.
3. За да изпълните лидерството, трябва да се наложите пред другите.
4. Професорът, който не се държи като лидер, не е в състояние да контролира часовете си.
5. Успехът на един отбор зависи от лидерството, което треньорът налага на своите играчи.

6. Вотът е свещен, затова човек трябва да се замисли върху него, за да даде гласа на някой с характер и лидерство.
7. Лидерството е въпрос на призвание. Ако го нямате, съобразявайте се с това да бъдете водени.
8. Всички ние трябва да уважаваме йерархията. Ако сте служител, уважавайте ръководството на компанията. В противен случай ще загубите работата си.

Наивност

1. Бог общува с наивните души, защото те са способни да Го видят.
2. Не позволявайте на другите да се възползват от вашата наивност. Махнете се от нечистите души.
3. За наивника е по-лесно да вярва в чудеса и невидими сили.
4. Само наивните души могат да влязат в Божието Царство, защото Исус каза на един човек: "Ще трябва да се преродиш, за да влезеш в моето Царство.
5. За да държиш едно дете невинно, дръж го далеч от лоши влияния.
6. Този свят е пълен с мизерия и грях. Запазването на невинността е искрено усилие.
7. Ценността на наивността е в това как наивният вижда света.
8. Не бъдете лековерни на работа. Не позволявайте да бъдете измамени.
9. Наивният в хазарта е този, който не е в състояние да мами.
10. Жените остават невинни до момента на първия си път.

Работя

1. Работата е свещена за мъжете и е една от причините, които им позволяват да напредват по всякакъв начин.

2. Бъдете отговорни на работното място и не давайте причини да бъдете уволнени.
3. Работникът като право на справедливо и достойно заплащане, което отговаря на основните нужди на семейството.
4. Всяка работа е достойна и всеки един човек има позицията, която заслужава.
5. Опитайте се в проучвания, за да можете да се издигнете професионално и интелектуално.
6. Когато кандидатствате за свободно работно място, дайте възможно най-доброто впечатление.
7. Не лъжете за опита и квалификацията си, за да си намерите работа.
8. Не приемайте работни места, които накърняват достойнството ви.
9. Извършвайте само работата, която е посочена в трудовия ви договор. Не запълвайте дупката за никого.
10. Откажете да вършите каквато и да е работа, за която нямате квалификация.

Търпение

1. Търпението води до път, чиято светлина е видима и чиято следа е достатъчна, за да вървиш, да дишаш и да копнееш.
2. Търпението е едно от най-важните качества на човека. Този, който го има, побеждава целите си с постоянство.
3. Двойката трябва да се уважава взаимно по време на ухажването и да бъде търпелива, за да влезе в общение.
4. Нетърпеливият шофьор може да причини сериозни неприятности и инциденти.
5. Бъдете като шахматист и изработете стратегия с търпение, за да приложите мат в живота.
6. Търпението на Йов му позволило да възстанови активите си и да постигне щастие.

7. Търпението на занаятчия му позволява да произвежда красиви парчета.
8. Тези, които бързат, не са в състояние да изпълнят работата си със съвършенство.
9. Има време за всичко: Време за засаждане, време за прибиране на реколтата; Време да обичаш и време да мразиш; Време е да вярваме и време да бъдем скептични. Бъдете търпеливи и чакайте през цялото време, което е необходимо, за да постигнете успех.
10. Търпението има рядката дарба да блести бъдещето и да се стреми към него със сигурността на изпълнения дълг.

Доверие

1. Доверието е подкрепата, която имаме, за да се предпазим от несигурността на живота.
2. Една връзка е солидна само когато е изградена с любов и доверие.
3. Не се доверявайте на никого. Проверете дали човекът е надежден.
4. Нарушаването на доверието и недискретността разрушават всяко приятелство.
5. Не се доверявайте на никого в бизнеса. Изисквайте писмено това, което е договорено.
6. Изпращайте съобщения (писма, бележки) само чрез тези, на които имате доверие. В противен случай те могат да бъдат прочетени.
7. Родителите се доверяват на децата си. Затова не ги оставяйте надолу.
8. Не преследвайте партньора си по някаква причина. Доверете се на неговата пригодност.
9. Учете усилено и с дисциплина, за да получите по-добри резултати. Не губете доверие в роднините си.

10. Този, който не вдъхва доверие, не е в състояние да има лоялни и искрени партньори.
11. Наемането на детективи, които да шпионират съпруга ви, няма да реши проблемите ви в отношенията.

Страх

1. Страхът се изгражда вътре в нас, когато не знаем какво го причинява.
2. Раздялата на родителите кара децата им да се страхуват от отхвърляне и от самота.
3. Дръжте краката си здраво на земята, за да не се страхувате от височини.
4. Страхът от отровни животни е често срещан при хората. Избягвайте да пътувате редовно до едно и също място.
5. Някои видове страх могат да бъдат последвани от психолог за лечение и по-нататъшно изцеление.
6. Страхът от смъртта присъства във всяко същество. Опитайте се да живеете живота си, без да мислите за това.
7. Страхът от поражение не позволява на играча или спортиста да развие напълно потенциала си.
8. Страхът от Бога се разкрива, когато се опитваме да бъдем честни и достойни хора.
9. Не се страхувайте от това, което другите мислят за вас. Правете това, което смятате за правилно.
10. Не се страхувайте да скъсате с някого. Ние не носим отговорност за поведението на другите.
11. Страхът разкрива нашите недостатъци. Опитайте се да ги излекувате, за да можете да живеете в мир.

Мъдрост

1. Благоразумието на праведния го кара да върви по познати и осезаеми пътища.
2. Благоразумният винаги побеждава в битка.
3. Внимавайте, когато помолите за помощ. Избягвайте объркването и неприятностите.
4. Благоразумен приятел е този, който не отива направо на темата в разговор.
5. Благоразумният е единственият, който се измъква в борба.
6. Благоразумието идва от мъдростта, а мъдростта идва от морето от дарове на Създателя.
7. Не залагайте. По-добре е да има малко, но дадено. Бъдете предпазливи.
8. Предпазливостта в бизнеса рефлектира в планирането и анализа на неговата жизнеспособност.
9. Не се женете, без да имате абсолютна сигурност, че това е, което искате. Бъдете предпазливи.
10. Животът без благоразумие е гигантско колело, което не можеш да контролираш.
11. Този, който е благоразумен, знае точния момент да действа и да изпълни себе си. Щастието е постижимо за него.

Корекция

1. Корекцията е добра мярка за проверка на грешките.
2. Поправяйте децата си, докато са малки, защото след като не ви слушат.
3. Когато сте съгрешили по погрешка или пропуск, молете се да изкупите себе си.
4. Грешката на горделивия е да се чувства по-висш от другите. Той трябва да се поправи.
5. Учителят трябва да се съобразява с грешките на ученика си. Той трябва да практикува поправяне.

6. В живота има невинни и нечисти. Невинните са добри и очакват от живота най-доброто, което той може да даде. Нечистите унищожават мечтите на невинните и ги карат да се върнат в реалността. Следователно, нечистият трябва да се поправи.
7. Свещеникът, който не живее според предписанията на църквата си, е в грях. Той трябва да изкупи.
8. Треньорът по футбол обикновено знае точното време да смени отбора и да го коригира.
9. Приемете корекцията на приятеля си. Често той просто се опитва да ви помогне.

Чистота

1. Чистотата обитава в същността на светите души. Това е отворено и просто цвете, което разпръсква аромата във въздуха към Твореца.
2. Чистотата на детето я кара да съзерцава всички дела на Създателя с невинни и полезни очи.
3. Чистотата на девицата Мария я издигнала до небето, където тя непрекъснато се стреми да помага на бедните смъртни.
4. Чистотата на две сърца е в състояние да изгради солидна любов и чест история.
5. Да бъдеш чист изисква искрени усилия, защото този свят е пълен с болка и страдание.
6. Монахът се пречиства чрез изолация в манастир.
7. Чистото представлява за Бога отворен прозорец за общуване със света. Бъдете един от тези прозорци.
8. Не наричай себе си чист. Само Бог, който познава сърцата, може да ви съди.

Да бъдеш чист не означава, че си свободен от среща с противоположни сили, които надделяват над света. Те обитават човека и го определят.

1. Омразата е отрова, която бавно унищожава душата.
2. Не изпитвайте към никой от братята си. Това само ще ви навреди. Вместо това отворете сърцето си и живейте любовта. Тя е много по-здравословна.
3. Независимо от причината, не мразете никого. Грешките, извършени от другите спрямо нас, трябва да бъдат простени от сърцето.
4. Ако мислите, че някой мрази, вие без причина го оставяте на Бога и се молите за всички, които ви преследват.
5. Омразата срещу Твореца е непростима. Всеки от нас е отговорен за собственото си щастие.
6. Не се опитвайте да навредите на враговете си. Няма да ви отведе никъде. Забравете омразата и се опитайте да демонстрирате качествата си, за да спечелите повече приятели.
7. Омразата се намира вляво от пътя към любовта. Не се отклонявайте от първоначалния си път.
8. Любовта и омразата са объркани в някои нарушени взаимоотношения.
9. Прошката е в състояние да премахне огъня на омразата, който поглъща душите.

Арогантност

1. Арогантността кара душата да вярва, че е специална и превъзхожда другите. Това поставя душата в по-нисък план на развитие, защото всички са еднакви пред Твореца, расата, етносът, религията, вярванията и другите особености нямат значение. Това, което отличава човешкото същество, е

неговият талант, интелект, доброта и достойнство. Именно това го прави специален.
2. Арогантността поставя превръзка на очите в душата и й пречи да усети истинската топлина на слънцето и дъжда, които се дават еднакво на всички, които са добри или лоши. Там се крие справедливост на Твореца.
3. Помнете: който възвишава себе си, ще бъде унизен, а който унижава себе си, ще бъде въздигнат. Царството Божие е за смирените по сърце.
4. Веднъж апостолите обсъдиха кой от тях ще бъде по-голям. Виждайки това, Исус каза: Този, който иска да управлява, трябва да бъде слуга на всички. И изми нозете на апостолите, за да им покаже истинската стойност на смирението.

Проницателност

1. Хитростта на човека му позволява да вижда по-къси пътища, за да постигне целите си.
2. Проницателността и мъдростта на бедния го карат да седне сред най-големите и събужда възхищение.
3. Неразумният богат човек се доверява на богатството си, сякаш те са вечни. По-добре е хитростта, защото с нея всичко става все по-ясно.
4. Проницателният писател е в състояние да предаде историите си по начин, по който читателят се интересува.
5. За да се напишат книги за мъдростта, е необходима известна хитрост, за да се организират пословиците.
6. Когато носите ценни предмети на публично място, бъдете изключително внимателни, защото проницателните чакат само най-малкото подхлъзване, за да действат.
7. Проницателният в хазарта е в състояние да трупа богатство, изядено за сметка на опонентите си.

8. Опитайте се да дешифрирате значението на притчите. Бъдете проницателни.

Лъжа

1. Лъжата е поставена като един от най-лошите недостатъци на човешкото същество.
2. Фалшивият глупак се самозалъгва, защото не е способен да бъде напълно убеден човек.
3. Лъжите на фалшивия продължават да създават капани за себе си.
4. Не казвайте интимността си на ненадеждни хора. Светът е пълен с лъжи и извратеност.
5. Недоверие към когото се отнася с твърде много доброта, защото фалшификатите се крият през маски.
6. Не купувайте фалшификати. Те лесно се съсипват и нямат увереност.
7. Потърсете предмети с отлично качество и достъпни и не се доверявайте на промоциите, които са твърде привлекателни, защото обикновено те крият някаква измама.
8. Да бъдеш верен означава да бъдеш честен с хората. Фалшификатите не създават корени.

Лъжа

1. Лъжата се определя като сериозно нарушение и кой го прави, може да се счита за човешко същество, което не е способно да се изправи пред реалността.
2. Не лъжете за социалния си статус или за качествата си. Позволете на другия да ви познава напълно.
3. Не изопачавайте истината, за да се облагодетелствате. Лъжите не траят дълго.
4. Не основавайте връзката си на лъжи, защото тя ще се разпадне.

5. Лъжата в игрите е форма на ръба на противника.
6. Ако те ограбят, не лъжи. Запазете живота и физическата си безопасност.
7. Професорът не трябва да предизвиква лъжа в процеса на преподаване и учене.
8. Когато отидете на кино или театри, преструвайте се, че това, което играе, е реалността, за да можете да се забавлявате, защото осъзнаването на лъжата съсипва всичко.
9. Истинският актьор е този, който преобразява реалността със своето изкуство.
10. Не лъжете и не пропускайте нищо на родителите си. Те трябва да знаят за всички ваши действия и проблеми, така че те са в състояние да ви помогне.

Мързел

1. Ленивецът е една от грешките на човешкото същество и го кара да удари дъното.
2. Тези, които засаждат в подходящото време и където има слънце и дъжд в изобилие, получават добра реколта. От другата страна мързеливият чака на масата, за да се задоволи с труда на другите.
3. Мързеливият произвежда хиляди извинения, за да избяга от работа.
4. Работата за мързелив човек е мъчение или унижение. Той не е в състояние да признае моралната стойност на труда и напредъка, постигнат с него.
5. Този, който е мързелив в ученето, не е в състояние да успее сам.
6. Не бъдете мързеливи да помагате на другите. Знайте, че всеки от нас има отговорността заедно с Вселената да си сътрудничи за един по-човешки и достоен свят.

7. Мързеливите в молитвата няма да получат благословение. Моментът на медитация с бащата е свещен и трябва да се уважава.

Горчивина

1. Горчивината задушава сърцето и го прави безчувствено към добродетелите на живота.
2. Ако партньорът ви е изневерил, не се отчайвайте. Оставете горчивината и планирайте живота си без него.
3. Ако сте загубили някого, не обвинявайте Бог, нито Вселената. Помнете, че смъртта не би съществувала без живота и обратното. Всички имаме точния момент да напуснем този план.
4. Не се чувствайте победени в играта на живота. Има моменти на победа и моменти на поражение. Опитайте се да бъдете верни на вярата си.
5. Скърбете, ако се случи някаква трагедия със семейството ви. Но не изпадайте в депресия и не губете надежда в живота, защото до нас има могъщ Баща, който е способен да постигне невъзможното, за да ви направи щастливи.
6. Ако сте загубили работата си, не плачете от горчивина. Укрепете вътрешното си аз и потърсете ново, за да придобиете самочувствието и независимостта си.
7. Не се срамувайте да демонстрирате горчивината си. Когато са изложени, лошите вибрации намаляват теглото си и успокояват сърцата ни.

Гняв

1. Гневът идва от вътрешността на сърцето и замърсява човека, превръщайки го в инструмент на злото.

2. Не позволявайте на гнева да ви повлияе. Поемете дълбоко въздух и съсредоточете мислите си върху добри неща, които държат ума ви разсеян.
3. Не изпитвайте гняв по малки причини, защото организмът ви може да бъде наранен поради целия натиск.
4. Научете децата си на предписанията за чест и достойнство. По този начин няма да изпитвате гняв заради техните нагласи.
5. Професоре, опитайте се да не изпитвате гнева на студентите. Подчертайте липсата на внимание. Училището трябва да бъде място за работа, а не за мъчения.
6. Сприхавият не може да бъде приятел на Бога. Исус учеше на модела на човека, който Бог одобрява: Човек на вярата, спокоен и смирен по сърце.
7. Опитайте се да разрешите спорове и спорове с разговор. Запазете спокойствие, защото гневът няма да реши нищо.
8. Медитацията е една от техниките, които могат да помогнат на сприхавия да контролира проблема си.

Незнание

1. По-голямото невежество на човека е да вярва, че е свободен от недостатъци и следователно от поправки.
2. В училище учи невежите. Те винаги ще имат добра дума, за да ви благодарят.
3. Когато някой се приближи към вас на улицата и ви пита за посоката, не го отхвърляйте. Научете ги подробно как да стигнат до местоназначението.
4. Не се възползвайте от невежеството на възрастните и неграмотните, за да събирате пари или помощи.
5. Помогнете на слепите да пресичат пътя, без да се оплакват. Тези, които помагат на невежите във визията, ще живеят дълго и ще просперират.

6. Търсете мъдростта, искайте мъдрост. Тези, които не го знаят, могат да бъдат наречени невежи.
7. Не унижавайте и не унижавайте онези, които идват от вътрешността или от североизток. Те са достойни човешки същества точно като вас. Не ги съдете това е форма на невежество.

Алчност

1. Алчността отразява вътрешно състояние на нещастие и неудовлетвореност от себе си.
2. Алчността сама по себе си не вреди на човека. Това, което го опетнява, са незаконните средства за получаване на обекта на желанието.
3. Всички ние се стремим да се издигнем професионално, следователно да получаваме по-добри заплати. Търсете тази цел с честност и Бог ще помогне на вашата алчност.
4. Не бъркайте завистта с алчността. Първият гледа да съдя другите, докато вторият цели ползата за себе си.
5. В училище не пожелавайте да бъдете най-добрите от всички. Пазете смирението и ученето си, за да можете да получите отлични резултати и да се откроите.
6. Алчност без планиране и усилия няма да бъде постигната.
7. Писателят желае да подчертае и да достигне до читателите от всички възрастови групи и социален статус, за да покаже малко от това, което е да бъдеш отворен прозорец за Твореца.

Завист

1. Завистта унищожава душата на човека, правейки го дребнав и егоистичен.

2. Не завиждайте на красотата на другите. Красотата не трае вечно, това, което остава, е свършената работа. Върнете си самочувствието и оценете себе си.
3. В училище не завиждайте на тези, които получават по-добри оценки от вас. Трябва да се стремите да подобрите представянето си, без да се притеснявате за другите.
4. На работното място не завиждайте на тези, които са в по-привилегирована професионална позиция от вас. Спазвайте всичките си задължения и се квалифицирайте, за да може в близко бъдеще да се издигнете професионално.
5. Не завиждайте на активите на другите. Всеки има това, което заслужава. Работете, за да напредвате и да сбъдвате мечтите си.
6. Не наранявайте и не клеветете другите от завист. Помнете, че има Бог, който вижда всичко и ще се върне според вашите действия
7. Поддържайте сърцето си чисто и свободно от всякакви негативни чувства.

Подкупване

1. Подкупът може да купи хора без характер и без достойнство.
2. Съдиите не приемат булки! Бъдете справедливи присъди.
3. Заместник, не пропускайте себе си, нито улеснявайте престъпниците за подкуп. Бъдете горди с господаря си и работете с цел да направите страната по-добро място.
4. Комуникационните предприемачи не рекламират за нечестни компании или които изследват твърде много околната среда. Бъдете етични и не взимайте подкупи.
5. Не приемайте изнудване, нито подкуп от децата си. Действайте със съвестта си.
6. Не подкупвайте домашните си прислужници, за да получите информация. Бъдете приятели с тях, за да ви се доверят.

Клевета

1. Клеветата е огън, който разпространява и поглъща сърцата, които са чисти и честни.
2. Не обръщайте внимание на клюките за живота на други хора. Може да е клевета. Дори и да не е, вие нямате нищо общо с техния живот.
3. Не клевети съседите си, брат си или някой друг. Бъдете по-загрижени за собствения си живот.
4. Клеветата на работното място може да ви струва работата. Премислете нещата, преди да клеветите другите.
5. Не разрушавайте хармонията на двойката, като се намесвате между тях. Не ги опозорявайте, за да можете да ги разделите.
6. Не окуражавайте хората, като вярвате в клевети. Не ги съдете без чиста съвест за фактите.
7. Не си отмъщавайте, като клеветите някой, който ви е наранил. Нека Вселената го накаже за неправомерното му поведение.
8. Не приемайте приятели, които искат да се месят в личния ви живот. Не доверявайте тайните си, защото те могат да се възползват и да ви клеветят.
9. Този, който клевети, не заслужава доверие, нито внимание.

Провал

1. Провалът се случва, когато няма правилно планиране на целите, към които се стремите.
2. Не се чувствайте като по-свободни. Поемете мечтите си с вяра и надежда. Постоянствайте до края.
3. Помолете за вдъхновение живота, който да ви води по тесния път, който води към победата. Бъдете проницателни.
4. Не съжалявай за поражението, защото то съществува, за да ни научи да бъдем смирени. Учете се от него и се издигнете, търсейки алтернатива, за да се измъкнете от провала.

5. Не депресирайте при никакви обстоятелства. Всички сме обект на грешки и неуспехи.
6. Победителят знае точния момент да действа и да сбъдне мечтите си.
7. Вярвайте в Бога и се опитвайте да не се проваляте.
8. Провалът в училище на много деца се дължи на огромното натоварване, което им се налага. Те в крайна сметка нямат време да бъдат деца, нито човек.
9. Ако някой се затвори за вас като неуспешен, направете като Исус: протегнете ръка и го вземете от дълбините на морето на отчаяните.

Болест

1. Болестта потиска човека, но пречиства безсмъртния.
2. Болестта трябва да се разглежда като едно от многото доказателства, които търпим, което ни кара да растем и да блещукаме прекрасно същество, което ни обича и никога не ни напуска дори в най-трудните времена.
3. Ако сте сериозно болни, не достигайте до злото, опитвайки се да възстановите здравето си. Цената, която ще платите, ще бъде твърде висока и няма да компенсира лечението.
4. Не вярвайте в гуру или други, които наричат себе си лечители. Не ги търсете. Помнете, че само всемогъщият баща с помощта на медицината може да ви излекува.
5. Не се притеснявайте твърде много, докато сте болни. Отпуснете се и медитирайте върху доброто и благодетелите, за да можете да имате малко спокойствие.
6. Молете се за всички, които страдат. Молитвите стават силни, когато наистина искаме. Напомнете си за бездомните, децата от улицата, бедните, синовете на вътрешността и хълма.

Гнет

1. Богатото потисничество над бедните го оставя като зрител на собствения му живот.
2. Не потискайте равните си. Никой не е господар до степен да контролира другите нагласи.
3. Потискането на определени шефове над служителите е осъдително. Всеки трябва да бъде свободен в действията си.
4. Не потискайте мнението на другите. Всеки има своя и тя трябва да се спазва без изключения.
5. Не позволявайте на никого да потиска тези, които обичате. Защитете ги и покажете колко много означават за вас.
6. Винаги уважавайте расата, етническата принадлежност, религията, мненията, идеите, футболния клуб. Не потискайте никого по тези причини.
7. Ако се чувствате потиснати по някакъв начин наложете себе си и покажете на какво сте способни. Повече няма да бъдете атакувани.
8. Не позволявайте на обстоятелствата в живота да потискат сърцето ви. Укрепете го, за да можете да устоите на всичките му бури.

Грях

1. Грехът е основната причина за мъките и мъката, които поддържаме през целия си живот.
2. Грехът е, когато нашите нагласи причиняват болка на другите или на самите нас.
3. Не съгрешавайте срещу семейството си, защото те са вашето спасение в бурите на живота.
4. Когато съгрешавате, покайте се и си обещайте подновяване на нагласите в живота.
5. Не съгрешавай пред Всемогъщия Бог, защото ръката Му е силна и ще те свали от надменността ти.

6. Не накърнявайте бедния, като обръщате правото му. Не съгрешавай. Имайте предвид, че Бог е баща на отлъчените и няма да ви остави ненаказани.
7. Не си играйте с изсичането на хората и не наранявайте крехките. Този вид грях е непростим.
8. Не събирай грехове, защото съдният ден е като крадец, който не знаеш кога ще нападне.
9. Много от тях са били простени на тези, които са обичали много. Въпреки това, не се възползвайте от това с намерението за грях.

Презрение

1. Презрението плаши душата и я кара да се съмнява във всичко, в което вярва.
2. Размишлявайте върху болката на Исус и как той е бил презиран дори от собствения си баща.
3. Когато богатият изпадне в неуспех, дори приятелите му ще го игнорират.
4. Отдръпнете се от всички, които искат да ви повлияят негативно. Презирайте света на грешките и живейте според честни и достойни предписания.
5. Не презирайте родителите си, защото те са тези, които са ви родили и поставят цялото си доверие във вас.
6. Презирайте всички лоши чувства, които могат да ви превземат. Контролирайте себе си и практикувайте доброта и солидарност към другите.
7. Не пренебрегвайте поправянето, защото то е ключът към успеха.
8. Презирайте света на пристрастяването и наркотиците. Укрепете тялото си като храм на Светия Дух и живейте във функция от него. Ще намерите щастието.

9. Ако сте били презирани от някого, не бъдете тъжни. Останете с хора, които ви ценят и ви се доверяват.

Корупция

1. Корупцията е ръждата, която се забива в душата и я унищожава напълно.
2. Ценете гласа си, като направите проучване за кандидатите за избори. Историята не лъже. Този, който позволява да бъде корумпиран, не заслужава доверие.
3. Учителю, не бъдете корумпирани. Дайте стойност на ученика, който работи усилено и е ангажиран. Обърнете специално внимание на оценките и бъдете подходящи и справедливи.
4. Здравни специалисти, бъдете етични! Уважавайте клетвата си и не се оставяйте да се покварите заради парите.
5. на политици, поддържайте минимум благоприличие и бъдете честни. Не се възползвайте от позицията си, за да печелите.
6. Родители, дайте на децата си добра морална основа. Не им позволявайте да пораснат, мислейки, че корупцията е неизбежна.
7. Не се присъединявайте към корумпираните и нечестните, защото те в крайна сметка ще ви убедят да споделяте същите ценности.
8. Не забравяйте най-малко привилегированите. Когато не можете да помогнете финансово, дайте им дума на внимание и доброта. Що се отнася до корумпираните, не им вдъхвайте доверие.

Измяна

1. Предателството разглобява всяка солидна структура на доверие.

2. Не изневерявайте на сексуалния си партньор, спътника си, любовта си. Уважавайте другия и себе си.
3. Не предавайте убежденията си, вярвате, религията си, пътя си, защото те са част от вас и загубата им би била форма на умиране.
4. Култивирайте приятелства като поливане на градина. Растението се нуждае от слънце, вода, тор и доброта точно като вашите приятелства. Не изневерявайте нито на себе си, нито на тях.
5. Не позволявайте да бъдете целувани от тези, на които нямате доверие. Целувката може да бъде фалшива и ще ви предаде като Юда, както с Исус.
6. Знайте как да разпознаете кой ви е предал. Не бъдете наивни до степен да го тласкате.
7. Не предавайте и не давайте семейството си. Те са част от вас и ще ви защитават всеки път, когато имате нужда.
8. Не предавайте шефа или началника си. Позицията ви ще бъде безполезна след това.
9. Не предавайте Бога, разочаровайки го. Покажете, че сте достатъчно достойни да се наричате "Негов син!".

Текстове

1) Ние сме духовни и плътски същества. В духовната част ние сме импрегнирани от такъв магнетизъм, че можем да абсорбираме лошите и добрите неща, които другите ни желаят. За да избегнете тъжни неща, потърсете духовна защита на светлите същества и те ще ви отърват от всякакви капани. За да привлечете добри неща, стремете се да поддържате светските ценности, щедра и справедлива етика отвъд постоянната благотворителност, помагаща на най-нуждаещите се. Винаги помнете закона за завръщането, който е върховен във Вселената.

СЪЩНОСТИ НА МЪДРОСТТА

2) Спрете този път да тичате срещу времето в търсене на материални блага. Просто потърсете какво е необходимо, за да оцелеете вие и вашето семейство. Властта и надплатените пари само ще ви навредят. Виждате ли примера на милионера? Той живее във вериги зад мощни стени, целящи да защитят богатството и живота му от крадци. Той на практика няма социален живот, не може да се разхожда свободно по улицата, не може да отиде на плаж със семейството си и да живее изпълнен със страх. Това ли искаш за живота си? Помислете добре, ако не е по-добре да имате прост живот, но да бъдете свободни.

3) По ваша заповед са създадени светове, природни елементи и същества. Само той е достатъчен за цяла вечност. Това, което изглежда невъзможно за персонала, той може да постигне със силна ръка и надежда за най-добрия си проект за нашия живот, защото това е наистина чиста и пълна любов. Затова нека изпълним мечтите си в правилната посока и да работим, за да бъдем достойни за Твоята милост.

4) Ти си един Бог. Въпреки това, има много начини да се стигне до него. Как да разбера дали съм на прав път? Проверете работите и ако те са добри, представлява Божествена страна. Не забравяйте обаче, че фактът, че имате напътствие, не ви дава право да презирате другите.

Не мислете, че Бог е стар, брадат мъж, който живее отвъд хоризонта. Бог има множество лица, които се представят в своите създания, правейки обръщение на най-достойните. Затова всяко достойно дело идва от Него, от Неговата безкрайна щедрост и милост. Можете също така да бъдете представени от легион от воини на светлината, защото той е точно това, обединение на сияйните сили. За да Му угодиш, винаги се стреми да разширяваш заповедите Му, предавани чрез пророците Му. Този, който живее реалността на Господа, винаги е по-щастлив.

Бог е безкрайна любов. Доказателство за това са техните чудеса през цялата история за човечеството, бидейки най-големите от тях раждането и възкресението на Исус Христос. Нека се насладим на този дар и да почетем мисията си на Земята, обективно да бъдем подготвени за неговото завръщане.

7) Най-лошата карма е да настоявате за действия, които не носят задоволителни резултати на никого. Ако искате да избегнете помагането на следващия, не се забърквайте с него. Дестилирайки отровата си, ще можете само да регресирате духовно и да потънете в тъмна бездна, която може да не успеете да напуснете. Помислете добре за последствията от действията си.

8) Имайте добро психическо разположение. Трябва да знаете, че ако трябва да практикувате добро, ще се настроите на добри неща и следователно ще видите чиста светлина. Това е просто като Господ каза, удари и да се отвори, търсене и да намерят себе си. Това е една от тайните на истинското щастие.

9) Всичко, което търсим, не е логично обяснение. Словото на реда е вяра, в която можеш да вярваш и да живееш, реалност, от която много хора бягат. Виждаш ли любовта? Не, но можеш да го почувстваш. Същото се случва и с доброкачествените сили на Вселената, те винаги са там за нас, а ние дори не го осъзнаваме.

"Знай мъдро, разпознай верния приятел. Верен приятел е този, който е с вас в добри и трудни времена. Той е този, който не се уморява да ви напътства и дори да се бори с вас, когато направите нещо нередно. Той е този, който се грижи за своето благополучие и се стреми, доколкото е възможно, да присъства в най-важните моменти от съществуването си. Приятел може да бъде Господ, родителите му, семейството му, съседи или дори неизвестни.

11) "Разберете вашата важност и позиция. Разпознайте себе си като син на Бога и се опитайте да разберете вашето представяне във Вселената. Трябва да знаете, че до вас има любящ баща, готов да се бори за щастието си. Но искате ли да направите същото и със себе си? Или ще се откажете от препятствията? Начинът, по който действаме, е от съществено значение за успеха.

СЪЩНОСТИ НА МЪДРОСТТА

Мъдростта на човека не се измерва с възрастта. Тя се проявява чрез консолидирани творби през целия живот. Сигурно е, че неразумното не издържа времето, докато мъдрото остава сред великите. Веднъж, нали, някой ми каза, че мъдростта е толкова голяма, колкото интензивността на нашето щастие, и аз вярвам, че това е велика истина.

13) През живота ни ръководят плътски и духовни глави. Нейната добра мъдрост е винаги да ги чувате да следят тих, успешен път на Земята. В замяна те също се учат от нас в множество отношения. Това доказва следния жаргон: "Никой не е толкова съвършен, че да не може да учи, или достатъчно невеж, че да не може да го научи достатъчно."

14) Това, което Исус Христос предлага на нашия живот, е искрено разкаяние за истината и Неговите заповеди. Отказвайки се от индивидуалността си, може най-накрая да имаме възможността да забравим най-вътрешните си болки и да изтрием греховете си.

15) Ако се съгласявате с волята на Господа, ще познаете Неговото слово, на което ще принасяте в доволство, спокойствие и духовна мъдрост.

16) Всичко трябва да бъде точно както трябва. Да знаеш как да говориш и да знаеш как да разбираш мотивите на другия без никаква преценка те прави добър приятел.

Същността на медитацията трябва да се прилага във всяка стресова ситуация, отваряйки възможностите за разрешаване на основен проблем без отчаяние.

18) "Работете върху самите добри добродетели, така че те да станат обширни и дълбоки като океана. В аналог избягвайте тъжните неща, потискайки ги, за да нямат повече действия в живота си.

Бъди водач на невежите, по същия начин, по който би помогнал на слепец да пресече улицата. Действайки по този начин, Господ ще разшири мъдростта си, като направи невъзможното възможно.

20)' не позволявайте на ежедневната рутина да произвежда неверие във вас. Винаги увеличавайте вярата си и усилията ви ще бъдат възнаградени чрез генериране на последователни плодове.

21) тайната на знанието е да следваме ученията на Господа. Той ще направи праведните извори на разума със знание, способни да знаят всичко.

Жилото на смъртта няма да може да унищожи любовта или достойнството на човека. Те ще ви вземат с вас, където и да отидете, защото където и да е съкровището ви, там ще бъде и сърцето ви.

Врагът се бори да блокира пътя на вярващите, но те имат мощен адвокат, който насочва всички съмнения заедно с баща си. Той ще ни заведе в земя, където текат мляко и мед.

Семейството е най-голямото ни благо. Когато е в криза, трябва да се опитаме по всякакъв начин да я спасим.

Вършете добри дела и в замяна ще получите чест, успех и щастие. Няма магическа формула, няма път, готов да бъде справедлив. Всеки трябва да открие в своята реалност най-добрия начин да си сътрудничи за по-добра вселена, като почита мисията си на Земята. Бъдете търпеливи и толерантни във всяка ситуация, която ви кара да контролирате живота си. Почувствайте духовния аспект на Вселената, свързвайки се с нея, търсейки нещо друго. Тази сила се нарича Бог и е готова да ви помага във всеки момент от живота ви.

26) Забележете силата и любовта на Създателя. Който е създал Вселената чрез една проста дума, е способен да направи много за вас. Не бъдете толкова депресирани. Значението му е твърде голямо за баланса на планетата, независимо от степента на неговата отговорност. Направете тривиалните неща големи възможности за знание.

27) Опитайте се да бъдете гражданин на доброто на пълно работно време. Знаете ли, не е жертва да бъдеш мил, да даваш добри съвети, да правиш благотворителност, да бъдеш спътник, да гледаш болните, да имаш религиозен ангажимент, да си струваш правата и задълженията. Да бъдеш апостол на доброто не е задължение,

защото всеки има своя собствена свободна воля, но трябва да бъде цел за тези, които жадуват за щастие в този свят.

Знаете ли тайната на щастието? Дръжте ума си далеч от бяганията на света. Модерността и нейните технологични устройства революционизираха начина ни на живот и общуване между хората. Идва обаче момент, в който ни удавя. Така че, ако можете просто да ги оставите за няколко минути, ще почувствате нещо ново, напълно изобилен мир. Направете това и вижте колко удовлетворяващо е за вашето психическо благополучие.

29) Как да позная Бога? Как да тълкуваме желанието си в живота си? Първо, важно е да се изключат фалшиви конвенции, които обикновено се приемат от повечето хора. Не очаквайте духовният отец да бъде отдалечен в стол, направен от злато. Господарят на войските е в бедняшките квартали, в болниците, в старческия дом, в семейните съюзи, с вас и навсякъде, където сте призовани. Духът е онзи мъничък вътрешен глас, който ви съветва и ви води. Така че, мисленето по този начин прави много по-лесно да разберете, че разбирате ролята си в света. Никога не спирайте да следвате интуицията си.

30) Шофьорът играе специална роля на голяма отговорност пред Бога. Той отговаря за управлението на превозни средства, преместването на хора от едната страна на другата. Така че, трябва да се погрижите за себе си, да не приемате никакви наркотици, преди да шофирате, да ходите с умерена скорост, за да можете да контролирате колата в случай на евентуалност и да спазвате законите за движение. Отделете време, за да стигнете до местоназначението, защото времето е относителен закон.

Вие, които сте пенсиониран старец или млад мъж без фиксирана работа, се стремите да занимавате ума си с творчески неща. Важното е да се чувствате полезни в някаква дейност, която осигурява удоволствие и признание. Вземете това като добър пример за моя случай, аз съм писател, държавен служител и съпруг на престоя в дома, като всеки от вас заема място в графика ми. Познавам и хора, които имат три фиксирани работни места, учат и все още работят у дома. Въпреки че не е силно препоръчително такова натоварване на работа, най-лошото би било да сте в застой в очакване да се случи чудо в живота ви. Това не е начинът, по който работи, защото успяваме само ако се придържаме към нашите проекти. С добра отдаденост можем да чакаме Божието благословение да ни помогне да изпълним плановете си.

Ако искате нещо да бъде направено правилно, направете го сами. Не очаквайте другия като най-способен да го направи вместо вас. Бъдете инициативни, поемайки юздите на пространствено-времевата линия във вашата история.

33 Докато безумният използва силата си, за да угнетява праведния, това запазва мъдростта и подчинението на Господа. В точното време второто ще се издигне от йерархията и ще остане сред великите. В замяна първият ще бере плодовете на глупостта си.

Лъжата има две гледни точки. На а временно успокоява сърцето, като ни кара да вярваме в свят, пълен с приказки. Но вие не се издържате, като падате на сушата. Когато това се случи, има голяма неизбежна болка. Тогава осъзнаваме, че най-доброто от всички неща е истината, колкото и да е трудна. Всъщност сърцето на Бога царува и утвърждава, защото справедливостта е в него.

35 Прокълни клеветата и клеветата. Ако изхвърлите езика си, иначе цялото тяло ще бъде изгорено в тъмното навън. Защо не си гледаш работата? Ако искате да критикувате, погледнете първо себе си и признайте грешките си. И така, кой си ти, че да съдиш следващия?

36 Това е обещанието на Исус към всички, които следват Неговите заповеди. Бъдете част от тази нова духовна реалност, напомняйки си, че повече не се изисква никаква болезнена жертва от ваша страна, защото тя е била завършена на кръста.

Небето е съвкупност от безброй духовни реалности. Можем също така да кажем, че няма конкретен път за достигане до Бога.

СЪЩНОСТИ НА МЪДРОСТТА

Всеки човек е път според своята особеност и като ваше достойнство ще има правилния духовен план за неговата еволюция.

Повечето входове са нашето подсъзнание, което създава чрез генериране на страха в изправянето срещу тях. Колкото и да е тежък проблемът, знаете, че има решение за него. Просто няма начин да умреш.

39) отдайте слава на Господа за всичкото добро, което се е случило в живота му. Той е любящ, щедър баща, който царува в нашето съществуване. Никога не правете грешката да възлагате на Бог отговорността за тъжните неща. Бог няма нищо общо с това. Случаите на късмет са последици от нашия избор, породен от свободната воля. Бъдете честни в анализа си.

40 Всичко там е проявление на Господа, което отдава почит и слава на името Му. Съвършени са законите им и прави са пътищата им. Ето защо той е господар на войските.

41) Вършете работата си с всеотдайност и нокът и ето, че ще имате подчертана позиция. Никога не използвайте позицията или влиянието си, за да навредите на някого, защото справедливостта ще достигне до вас, където и да сте.

42) Опитайте се да правите периодично почистване и почистване на тялото и душата. Те са край на цикъла, необходим, за да изчистите ума си, за да достигнете по-високи полети. Помнете, че злобата и грехът ви държат далеч от Бога.

43) Засаждайте и събирайте заслужените плодове от работата си. Така че, това се случва и с нашите произведения, защото получаваме само това, което даваме. Ако делата ви са добри, резултатите също ще бъдат.

44) култ добри ценности по такъв начин, за да следват заповедите, оставени от Светия Дух. Това е труден начин, но си струва, защото ще бъде вашият спасителен пояс.

Най-добрият начин да хвалим Господа е да помагаме с дела и думи на най-нуждаещите се в този свят.

Никой не познава Бога, освен техните възлюбени деца. Чрез тях можем да разберем малко от величието на сърцето на небесния баща. Техните закони са обобщени в заповеди и в законите на здравия разум. Следвайте добрата етика и тогава всичките ви работни места ще бъдат благословени. Това не означава, че животът ви ще бъде лесен. Нашето преминаване на Земята е постоянно предизвикателство и здравото чувство за контрол е от съществено значение, за да не загубим курса си. Успех на всички мои братя в сърцето!" Боже.

Въпреки величието и мащаба на Вселената, нищо не остава незабелязано според създателя. Със суверенен ред и слава, той действа във всяко съществуващо измерение, представляван от неговите пратеници. Що се отнася до него, това е инкогнито за повечето хора. Но за мен той не е. Познавах лицето му, добротата и закрилата му в най-трудния момент от живота ми, време, когато наричам най-тъмната нощ на душата. Това беше период на грях и премахване на доброто, което ме вдъхнови да напиша втората глава от основната ми поредица. Макар и тъжен, объркан и сложен, аз се научих и бях подготвен от божественото за по-голяма мисия, която е точно да участвам в литературния свят с изграждането на човешкото същество, за да се развия към пътя на бащата. Този проект все още е ембрионален, но постепенно ще привлече мисията ми на Земята. Надявам се, че мога да разчитам на вашата подкрепа в този важен обмен на знания. Благодаря ви много, всички, които ме придружават!"

Няма начин човек да е наясно какво се случва или да знае за собствеността на баща си. Колкото и да проучвате и търсите, никога няма да постигнете пълната истина. Това се случва, за да бъде нашият Господ почитан до вечни векове. Трябва да се подчиним и да се предадем на тази огромна сила на създателя, защото тя знае точно какво е най-добро за нас. Прави като мен и обръщай страницата на живота си.

49) както речната вода следва течението, така нека бъде носена от съдбата. Искате да избегнете плуването срещу течението, защото това ще ви донесе само лоши резултати. Борете се за целите си, но знайте, че последната дума идва от Бог.

50 Има мнозина, които наричат себе си мъдри, но всъщност всички са просто глупаци. Пред Бога няма сила, наука или мъдрост. Всички хубави неща идват от това, че той се излива за смъртните, които заслужават. Но никога не искаш да бъдеш повече, отколкото си в действителност. Това се нарича смирение.

51) Цялото разбиране на безкрайността е в Бога. Безкрайна мъдрост, безкрайна любов, милост, щедрост и защита. За да бъдете хора, вие просто имате съвест за действията си, като се стремите да поправите грешките си, като се стремите към духовна еволюция.

Много учени изучават границите на Вселената неуспешно. Защо не проучите границите си? По този начин търсенето на нещо осезаемо става по-лесно да се анализират взаимоотношенията помежду си и другите. Това е много по-важно от търсенето на суетни неща, които не са в нашия обсег.

53 Единственият велик е Господ, Който заслужава по право всяка почит, слава и поклонение. От небето Той излива благодатта Си на верните на сърцето Си. Направи, защото, работи съвместимо с този дар.

Ако търсим добри дела, животът ни се изпълва с положителни вибрации, оптимизъм и щастие. Иначе тъмната нощ се изпълва с душата ни. Въпреки че този последен избор е лош, човешкото същество е свободно да реши пътя си.

55) Най-големият от хората става неблагодарен да не признае милосърдните дела на своя духовен отец в живота си, оставайки в огромното търсене на все по-нуждаещи се. Всичко това е мимолетно, бидейки безполезна раса. За човека просто се тревожи за настоящето, защото утре само Бог принадлежи.

56 В утвърдени са даровете на Господа и малцина, които се възползват от тях. Бъдете като примера на добрия слуга, който

отглежда добри таланти и ги умножава по три. Не постъпвайте като неблагодарния слуга, който заравя даровете си.

57 Слугата не е по-голям от господаря ти; но ако вършиш отлична работа, можеш да победиш доверието си и да бъдеш считан за свой син.

58 Имам на разположение тълпа, която Ми се покланя и Ме прославя. Така че, въпреки че врагът се бори, той не може да успее в проектите си. Така че се случва моят суверенитет да бъде уважаван от всички.

Аз създадох всичко във видимата и невидимата вселена. Всички ми дължат живот, чест, слава и поклонение. Това не е нищо повече от искрена благодарност. Въпреки това, мнозина предпочитат да вървят по свой собствен път, без да слушат вътрешните ми съвети, за да се измъкнат от моето приветливост. Все пак се надявам, че с обстоятелствата мога да си възвърна душата. Въпреки това, аз ви оставям напълно свободни да решите какво искате, защото ви обичам с цялото си сърце, мисъл и душа.

60) Нека животът ви отведе до по-определени пътища. Мислете, мислете и се осмелявайте. Ценете хубавите неща в живота. Прощавайте и обичайте повече.

61 Няма по-голяма правда и милост от Моята. Действам по този начин, защото знам точно какво се случва в дъното на всяко човешко сърце. Не се опитвайте да ме заблуждавате с фалшиви обещания, защото това само разпалва гнева ми. Искате да избегнете злоупотреба с търпението ми, защото няма да ви хареса. Ръката ми е много тежка, когато я искам.

Красотата е важна, когато идва отвън навътре. Не се привързвайте към илюзията за красива фигура, макар и бедна духовно казано. Всичко, което е земя, минава само като остава доброто дело.

63) Пейте на Господа ново песнопение, изпълнено с уважение и поклонение. Няма нищо по-справедливо от това да възхваляваме хората, които са ни отгледали и непрекъснато да ни предпазват от опасностите.

Любовта е най-творческата сила, която съществува, която ни приближава до Бога. Обичайте следващия, без да очаквате възмездие и без очаквания.

Никой не живее без мечти. Търсете, планирайте, действайте и култивирайте желанията си. Бидейки благородни, те ще станат реалност за усилията си.

Въпреки че има йерархия в човешките отношения, ние не трябва винаги да се подчиняваме на нашите началници. В него се казва, че държавният служител трябва да бъде строго закон. Ако не е задължително, ние не сме длъжни да се подчиняваме, дори ако президентът на републиката ни заповядва.

Срещнах духовния си отец в един от най-трудните моменти в живота си. Той беше единственият, който ми се довери, когато бях хвърлен в дълбока, тъмна бездна. Чрез своя ангел той ме измъкна от там и започна да преподава малко от своите ценности. С времето, което наблюдаваше около мен, можех да науча още повече за него. Мога да ви кажа, че той е баща, щедър, човек, спътник, подкрепящ, толерантен, справедлив и милостив баща, който наистина се грижи за нас. Той ме осинови като син и ме превърна в достоен човек, защото му дадох своята кауза. Направете и това и ще видите как животът ви ще се промени напълно.

Въпреки че Бог е най-върховното същество във вселената, ние можем да подходим към Него като към деца. Възприемайки морални ценности и последователна етика, можем да се гордеем, че сме наречени "Син на Бога" в най-добрия смисъл ".

Винаги вярвайте в потенциала си, борете се смело за мечтите си. Бог ни е дал достатъчно мъдрост, за да изградим нашата идентичност и да трансформираме отношенията. За да успеем, това е необходимо, защото първо имаме духа на мир и милосърдие с нас. Доброто, което искате за себе си, правете другите и тогава ще сте открили тайната на щастието.

70) Бъдете в крак във всяка ситуация. Колкото неприятности имате, вдигнете глава и продължете напред. Намерете решения и

Господ Бог ще ви помогне. Не забравяйте, че невъзможното не съществува за него, за да извърши в своите наистина забележителни чудеса.

71) Научете се да бъдете щастливи. Щастието не е нищо повече от съвест на духа. Намерете това, което ви липсва в природата, във връзката със себе си, с Бог и неговия партньор. Приемете себе си с грешките и качествата си, като не създавате очаквания към другите. Това ще предотврати ненужните страдания.

Никога не правете комплименти на човек за красотата му, защото това е пътник. Това, което наистина има значение за него, са характерът, моралните и етичните концепции, които той ще доведе до целия си живот.

73 Мерете думите си, за да не се нараните един друг. Ако не можете да помогнете, не пречите на другия да бъде щастлив по свой собствен начин.

74) Чрез своята сила и суверенитет контролира вселената с желязна ръка. Въпреки че е толкова могъщ и толкова голям, той се грижи за всеки един от нас. Той ви кара да искате да се присъедините към Неговото царство в общение с благословените Му деца. Този избор обаче е ваш само заради свободната воля. Той никога няма да те накара да го обичаш.

Божията милост е толкова голяма, колкото и размерът на Вселената. Това обаче не е оправдание да продължаваме да грешим. Изправете се веднага щом имате щастлив живот.

Структурата на Вселената е великолепна, като всеки елемент от нея изпълнява важна функция. И така, това се случва в духовните и плътските царства. Скоро, когато се почувствате депресирани, мислете, че присъствието ви е важно за някого.

77) Работата е основополагаща, за да може човек да порасне и да има достойнство. Бягайте от забравения от Бога ум, ходете на фитнес, изучавайте здравословните и приятни дейности, разхождайте се, слушайте музика, пътувайте, пътувайте с приятели, говорете с хора, които се доверяват, ходете редовно на фитнес,

изучавайте здравословните и приятни дейности, молете се усилено за вас и вашите следващи и изключвайте живота си, което ви разболява. Действайки по този начин, възможностите да се чувствате спокойни и щастливи ще бъдат по-големи.

78) Наздраве на сърцето си по такъв начин, че животът да бъде светлина. Отнемете ума си, всичко, което допринася за скръбта и болката. Забравете омразата, негодуванието, загубата и провала. Мислите, че поемайки по нов път, нещата ще се подобрят за вас. Не забравяйте, че всеки път има път и изход, освен смъртта.

Това, което те прави воин, не е броят на войните, които са спечелили, а колко препятствия са преодолени.

80) Образованието е от ключово значение, за да се вмъкнете на пазара на труда и да изградите етична и уважавана личност.

81 Направи преминаването си по земята в момент на поклонение пред Господа. Изграждайки набор от добри дела, душата ви ще постигне светлината и мира, необходими за вашето благополучие.

82) Няма средно положение. Или си на страната на доброто, или на тъмната страна. Това е следствие от свободната воля, дадена на човека.

Да бъдеш герой не означава да получиш нещо фантастично. Да бъдеш герой означава да се бориш за мечтите си в страна, където културните инвестиции са несигурни. Но трябва да се съпротивлявате и да продължите да се борите.

84) Дайте крила на волята си. Освободете вътрешната си същност, така че препятствията по пътя да не ви накарат да се откажете. Дори и пред лицето на голяма трудност, пазете вярата.

85) Търсете смирение и простота. Възвишеното идва от тази същност на битието. Покажете в малкия си размер размера на вашето величие.

Ценността на човека е в неговата автентичност. Да бъдеш автентичен означава да имаш определен модел на поведение с честни ценности. Силно препоръчвам следването на заповедите и божествените закони, дадени от Бог на техните пророци.

87) Кой абсолютно обичаше или обичаше? Трябва да отразявате и наблюдавате всичко около нас. Да кажем, че разпознаваме любовта чрез знаци. Хората, които наистина ви обичат, винаги са до вас в добри и трудни времена, дори ако понякога не сте пълната причина. Който ви обича, ще открие най-лошото ви и въпреки това ще продължи да ви обича и да се идентифицира с вашите грешки и качества. Който ви обича, винаги подкрепя вашите подхлъзвания, не чака подходящия момент, за да ви прегърне и да каже, че ви обича. Който ви обича, ще знае как да прощава и ще заслужава да му бъде простено в провалите ви. Който ви обича, винаги ще ви вярва във всяка ситуация. Така че, никога не оставяйте любимия човек надолу.

"Истинската любов се среща рядко, тя е много по-трудна от спечелването на федералната лотария." И все пак, никога не се отказвайте. Обичайте първо себе си, за да могат другите да имат възможност да ви обичат.

Щастието е нещо, което идва отвътре навън, а не обратното. Щастието е да се наслаждаваш на живота на работа, на пътувания, със семейството, приятелите, четенето на книга, написването на история или борбата за мечта. Важното е да продължим напред, дори и при поражения.

Бог никога не идва от нас. В нито един момент той не спира да се грижи за нашата болка и трудности, доказвайки такава истинска бащинска любов. Вместо да го молите за неща, благодарете му за това, което има.

91) Наблюдавайте света. Вълци дебнат около живота му около всеки ъгъл на улицата от другата страна на улицата. Те просто искат да видят своя позор, никаква надежда за свят, населен със зли същества. В замяна на това поведение, направете го по различен начин. Погрижете се за себе си, семейството и близките си, така че всички да разпознават творбите ви. Бъдете винаги апостол на доброто и тогава Божието царство ще бъде реалност в живота ви.

92) Примери за това са вярата, Бог и любовта. Всички те съществуват, но на земята ние нямаме ясна представа за това. Просто се опитайте да ги разберете чрез техните реакции.

Няма друга сила или сила, достойни за възхищение в цялата вселена. И нямате идоли преди вас!

94) Имайте медитацията като добра практика за релаксация и да се срещнете със себе си. Правете тази дейност винаги, когато търсите спокойствие.

Професоре, имайте предвид, че вашата професия е благородна и почтена. Чрез образованието се формират всички професионалисти, от президента до чистачката. Така че се гордейте с това, което правите.

96) "Заземявайте неговата доброта и щедрост, като помагате на всички живи същества. Не правете добро по задължение, правете го, за да се чувствате добре, без да чакате възмездие. Почестите и славата ще ви бъдат дадени в небесното царство.

Нищо и никой не може да спре щастието им. Ако сте на страната на доброто, със сигурност ще получите благословиите на небето, така че животът ви да напредва по всякакъв начин. Така че, останете спокойни и верни винаги.

Пред добрия Бог вие имате стойност и за това, че заслужавате, получавате божествена закрила. Знае да се наслаждавате на това, за да можете да постигнете всичките си цели.

99) Къде са съкровищата ти? Помислете точно какво е добро за вас. В моя случай щастието ми идва от работата, от живите, от четенето, от книгите ми, от пътуванията, от добрите ми дела и от самия живот. Ако си мислил подобно на мен, тогава делото ти пред Бога е вече спечелено, защото пътят ти ще прелее в царството на бащата. Тяхното щастие, хармония и мир ще преобладават в неговото съществуване завинаги.

Смирените ще бъдат въздигнати, а горделивите унижени. Две противоположности, които наистина показват как бащата иска да действаме пред него. Най-препоръчително е да се опитаме да следваме примера на Исус, който ни остави перфектния модел на човека.

101) Ето тайната на вярата. Ако вярваш в духовните сили на доброто, вярваш в мен и баща ми. Ние сме заедно със силата, която координира вселените с власт, сила и суверенитет. Нищо не излиза извън нашия контрол, дори когато мъжът се чувства голям. Нищо не може да победи нито нас, нито слугите ни. Ние сме началният камък на всичко, което съществува и търси хора, отдадени на нашата кауза. Бъдете част от тази духовна реалност.

102) Чувствате ли се гладни и жадни? Чувствате ли се неспокойни, обезпокоени и неразбрани? Чувствате ли се несигурни и нещастни? Решението на всички тези проблеми е в мен и баща ми. Нашите закони и заповеди са истинска храна, питие и мир за душата ви. Не бой се в тъмнината, предателството, злото и зло на човеците, защото пред тебе е Израилевият агнец. Аз съм цар на царете и Господ на господарите и нищо не ме води към властта. Вярвайте ми, в моята доброта и милост. Свърши твоята част и аз ще те благословя?

103) Намери любовта." Намерете да обичате Бог, семейството си и следващия, без да чакате да отвърнете. Ето, любовта и милосърдието могат да заличат всякакъв вид грях, колкото и тежък да е той. Винаги Любов и без мерки. По този начин ти наистина ще бъдеш мой син.

104) Знае да се справя с критиката толкова трудно, колкото и те. Опитайте се да извлечете нещо положително от думите, които болезнено нараняват душата ви. Това е част от процеса на съзряване и еволюцията ви като човешко и професионално същество. Просто не приемайте, че стъпвате върху достойнството си или сте несправедливи с извършената от вас работа.

105) Продължавайте да изпълнявате ежедневните си задачи без по-големи притеснения. Ако постъпвате правилно, няма от какво да се притеснявате. Обещавам ви помощ в добри и лоши времена, по такъв начин, че ранените езици да не навредят на живота ви. Дори не се интересувайте от тях. Те търсят в живота на другия сиянието,

което не принадлежи на техния. Те са достойни за вашето искрено съжаление.

106) Не се занимавайте с грешката. Той идва, за да покаже грешките си и от вас зависи да ги поправите, за да не се случи нещо подобно отново. Грешките водят до правото.

107) В беда, опитайте се да се отпуснете и да се откажете от чувствата си. Това е напълно здравословно и ще направи душата ви добра. Никога не пазете в сърцето си това, което е лошо и което ви носи скърби.

108) Имайте милост към социално маргинализираните. Примери за това са бездомните, най-малката улица, сираците, наркоманите и проститутките. Опитайте се да им помогнете по някакъв начин, материално или духовно. Въпреки това, знаете, хлъзгавият, който се възползва от нашата добра воля, за да се възползва. Молете се Бог да ви даде някакъв смисъл.

109) Бъдете постоянни в молитвата, като се стремите да се свържете с Бог в програмирани времена или в случай на нужда навсякъде. Той винаги ще бъде готов да ви изслуша и да ви помогне по най-добрия начин.

110) Научете закона на живота и учете по-младия. Опитайте се да демонстрирате Божието царство и неговите последици в ежедневието, плашейки, че винаги си струва да бъдете добър, честен човек.

111) Проклет да е всеки, който говори лошо за вас или за съществата от светлина в каквато и да е степен. Господ Бог е добър и справедлив, като го доказва чрез делата Си. Той е истински баща, защото дава слънце и дъжд за добро и лошо. Сега да му бъде благодарен за всичко добро, което се е случило в живота му и никога да не приписва тъжни неща на действията си.

112) Бягайте от капаните на ума си. Не винаги това, което според нас е вярно. Трябва да анализираме всичко студено, за да можем да преценим един случай справедливо.

Същността на доброто се състои от любов, милост, щедрост, толерантност, милосърдие, щедрост, щедрост, щедрост, щедрост, щедрост, мир, защита и разбиране. Същността на мъдростта е да чуеш следващия и да разбереш причините му.

114) Ние сме направени от прах и за него ще се върнем. Защо тогава мнозина носят гордост, сякаш са неуязвими и недостижими? Разпознайте малкото си и действайте така, че Господ да ви предпази от всяко зло. Да правя добро.

115) Всички неща следват предишна заповед. За всеки човек, специфичен талант и мисия, която може да зависи от вас. По същия начин даровете се разпределят според заслужилите на всеки.

116) Нещастен заради нищетата на духа си, заради алчността и гордостта си. В замяна, да станете красиви чрез вашата щедрост, нежност и любов.

117) Спри да притесняваш баща ми всеки ден за личната му драма. Не бъдете егоисти, поискайте следващата си, Бог ще погледне проблемите ви.

118) познават достойния труд и благодетеля. Бъдете благодарни за всичко, което Бог ви е дал в настоящето, за да изградите красиво бъдеще.

119) "Истинската религия са добрите дела и отношение. Те са тези, които ще ви удостоверят в моето царство.

120) Слава Богу изисква героично усилие. Когато сме допуснали грешка, това е фантастична възможност да анализираме нашите проекти и да получим работещите решения. Признаването на греха е първата стъпка към прошката и последващото опрощение.

121) Обречеността на човека е да иска да бъде като твореца, да стане самодостатъчен. Трябва да признаете, че дойдохме от праха и за него се върнахме. Всички хора са подложени на болести, нещастия, грешки и нещастия. Тогава защо искаш да си голям, без всъщност да си такъв? Нека бъдем по-смирени и да се стремим да изпълним Господното слово.

Тайната на щастието се състои в това да нямаш много очаквания към другите и да се стремиш да живееш по честната линия на честта. Праведните винаги ще бъдат благословени.

123) Всички форми на живот идват от Създателя. Поради тази причина не виждате причина да дискриминирате никого. Ние сме равни пред вас във всяко отношение.

124) Вие сте суверен в цялата вселена. Можем да видим тази работа на твореца в елементите и създанията, които изграждат света видим и невидим. Чрез него можем да се възхищаваме на истинския благодетел на всичко.

125) Наблюдавайки природата и нейните природни закони, можем да заключим, че сме част от едно цяло по-голямо."

126) Бъдете наблюдателни, но се опитайте да не се намесвате в другия.

127) Давайте милостиня на тези, които наистина се нуждаят от нея. Не се оставяйте да бъдете заблудени от умните задници на този свят, които използват добротата си, за да повишат предимствата. Това престъпление се нарича присвояване.

Бог е навсякъде и особено в добрите хора. Знайте суверенната си воля за живота си, като си сътрудничите за планета, където хората са по-човечни.

129) Милостта, благостта и разумът Ми са непостижими. Не бой се от гнева Ми, просто направи така, че твоите благотворителни дела да изкупят грешките ти.

Да бъдеш възвишен означава да бъдеш политически настроен в начина, по който се отнасяш към хората, означава да простиш на следващия, дори и той да не го заслужава, това е да обичаш и да бъдеш обичан в свят, все по-пълен със зло, означава винаги да вярваш в доброто бъдеще, когато работиш в настоящето. Да бъдеш възвишен също е да работиш всеки ден с честност, почит и достойнство, за да укрепиш семейната връзка. Да бъдеш възвишен означава да бъдеш прост, защото само те ще наследят най-доброто положение в царството на баща ми.

131) Роден, жив и умиращ. Есен, лято, пролет и зима. Всичко това са фази и във всяка една от тях трябва да знаем, че трябва да се държим обективно, напълно успешно.

В този свят и в следващия получаваме само това, което заслужаваме.

Ако искаш да бъдеш най-великият, следвай кръста ми и стани слуга на ближния си, защото царствеността идва от малкото.

134) Спрете да се извинявате за себе си. Опитайте се да се интегрирате в добра религиозност по такъв начин, че действията ви да отразяват това, в което вярвате. Да живее автентичността ти.

135) Спри да ме обвиняваш за грешките си. Направете анализ на критерия за вашата траектория и всички ваши действия. Ще дойде време, когато ще разбереш, че си единственият отговорен за победите и пораженията си. Нека просто кажем, че съм ваш поддръжник.

136) стойте далеч от всякакъв вид наркотици. Освен че причинява зависимост, този вид неща ви дават фалшиво усещане, че сте щастливи.

Всеки трябва да даде своя принос за своя личен и световен напредък. Действайки като отбор, можем да постигнем последователни победи.

138) трябва да съживим и контролираме емоциите си по такъв начин, че да не си вредим един на друг. Въпреки това, за да стигнем до този стаж се изисква познаване на себе си и заобикалящата среда.

139) "Следвайте моя пример, за да бъде благословена земята и животът да остане за дълго време.

Дори ако човекът живее в двореца, действайки в позицията на цар, нищо няма да бъде пред Бога, ако не може да запази любовта, милосърдието и почтеното. Това, което спасява душата на човека, са неговите добри дела и ценности. Следователно силата, влиянието и богатството не означават нищо пред Твореца.

141) Продължавайте да живеете. Не позволявайте на тъгата и злобата да хапят сърцето ви във всеки един момент. Ако другият ви

нарани, простете за собственото си добро. Следвайте живота си, за да постигнете отлична работа във всяка сфера.

142) търсят образование като основен източник на мъдрост. Без него нищо не се гради, нищо не напредва. Вместо да го оставяте като наследство на материални блага, оставете го като наследство на децата си.

143) Нищо не става случайно. Всеки човек, който влиза в живота ви, го прави по някаква причина. Опитайте се да разберете знаците на съдбата, за да изградите щастлива разходка.

Няма смисъл да губите ценното си време с хора, които не го заслужават. Отдръпнете се от тъмнината и се съберете около мислите и положителните си елементи. Доброто привлича доброто.

145) Изключете живота му трудните времена, лошите влияния, завистта, перверзията, преследването, тъгата. Обичайте повече, давайте повече, вярвайте повече в себе си и в Бог, винаги имайте положителна гледна точка дори и с лоши факти. Ура!

146) Направете така, че вашите нагласи и думи да влияят положително на другите."

147) Опитайте се да не се изолирате. Човекът е социално същество, което зависи от другия, за да оцелее.

148) Бъдете ясни в наблюденията си, не напускайте брега за лъжливи интерпретации.

149) Бъдете винаги оптимисти, никога не се отказвайте от мечтите си.

Част II
Смисълът на живота

Глупав е този, който непрекъснато се стреми да намери смисъл на живота. Въпреки всичките си усилия, ще губите време, пари и все още ще произвеждате стрес и умствена умора. Просто защото няма обяснение за съществуването. Междувременно човек трябва да се тревожи за други по-уместни неща. Създавайте проекти и мечти. Намерете ги, без да навредите на никого. Съюзени с него, насърчаване на доброто и благотворителността. Когато човек се предаде в ръцете на Бога, неговите желания и стремежи се изпълняват. Това е логиката на културите или Закона за връщане. Това е най-важният закон, видим за хората. Така че никога не казвайте Божията лоша воля. Вие с ръцете си получихте грешните ръце и сега събирате щетите. Ние сме нашите съдии.

Настоящата ситуация

Алчността, завистта, жаждата за справедливост, неразбирането, бедствието, конкуренцията, задоволството, неуважението и нетолерантността направиха хората по-малко човечни. Толкова много, че едва ли има чистота по лицето на земята. Или малцина останали добри са тези, които остават щастливи. Благополучието е правопропорционално на добротата, честността, любовта, щедростта и вярата в Бога. Бидейки добър, божеството ще благослови всичките ви планове. Дори и лошите, винаги има шанс да започнат отначало. Защото Бог е баща на всички.

Познай себе си, малки човече

Кой съм аз? Не съм дошъл от прахта. И аз ли няма да се върна при него? Трябва да медитираме върху този максимум, за да растем смирение при всеки повод. Човекът е страхотен със своите нагласи и работи. Веднага се превърнал в божествен инструмент. Доброто не се приписва на име. То е проявление на създателя сред смъртните. Чрез нас се оформя писането на живота. Всичко е написано и трябва да се случи.

СЪЩНОСТИ НА МЪДРОСТТА

Неразумният

Злото произвежда нарастваща и нещастие. Тези, които са заети да се нараняват един друг, са истински човешки червеи. Те са истински синове на Сатана, падналия ангел. На нас, децата на Бога, остава всичко да поискаме защита от съществата на светлината. Със сигурност с Божията компания няма да се страхуваме от злото. Въпреки, че ходя по тъмната долина, с твоето изкуство. Ако имаме хиляда противници, Бог изпраща десет бона в наша защита. Доброто е по-силно и винаги ще надделява, докато се предаваме на вашата воля и компания.

Съдбата

Животът ни води до неочаквани обстоятелства. В нашето време на Земята ние живеем в болка, скърби, радости, разочарования, постижения, което означава, дихотомни ситуации. Всяко едно от тези събития ще ни укрепи и ще ни подготви за фактите след това. Чистото сърце става зряло. И все пак, ние не притежаваме носа ви. Понякога нещата се случват по начин, който ни кара да вземаме важни решения. Често една мечта заменя друга. На тази велика сила аз наричам съдба или предопределение. Всички тези сили се командват от по-висша сила, която иска само нашето добро. Може да се каже, че това е нещо добро.

Компанията на ангелите

Ангелите са нашите спътници на Земята. Интуитивно те предполагат благотворителни дела и мисли. Пред опасностите те ни помагат. По трудни въпроси ни съветват. Трябва да знаете да говорите с вашия ангел, по-добре да разбирате Божията воля. Със сигурност това партньорство ще бъде по-ползотворно.
Край

www.ingramcontent.com/pod-product-compliance
Lightning Source LLC
LaVergne TN
LVHW021334080526
838202LV00003B/164